irische weihnachten

Home for Christmas

GERTRUD CAREY

Impressum:
Bibliografische Information der Deutschen Nationalbibliothek. Die Deutsche Nationalbibliothek verzeichnet diese Publikation in der Deutschen Nationalbibliografie; detaillierte bibliografische Daten sind im Internet über http://dnb.d-nb.de abrufbar.
Veröffentlicht bei Infinity Gaze Studios AB
1. Auflage
Dezember 2024
Alle Rechte vorbehalten
Copyright © 2024 Infinity Gaze Studios
Texte: © Copyright by Gertrud Carey
Cover & Buchsatz: V.Valmont @valmontbooks

Infinity Gaze Studios AB
Södra Vägen 37
829 60 Gnarp
Schweden
www.infinitygaze.com

irische weihnachten
home for christmas

I am home, denke ich, als der Flieger auf dem Boden aufsetzt, und mein Herzschlag beschleunigt sich, während der Flieger sich verlangsamt. „I am home", sagt der Sohn zu seiner Mutter in der Ankunftshalle, ihre Augen füllen sich mit Tränen. Ich weine nicht, auch wenn mein Herz fast zerspringt. Ich fühle nur den stillen, leisen Fluss, der sanft durch meine Seele fließt.

Santa, der Weihnachtsmann im leuchtend roten Gewand, schiebt seinen mächtig runden Bauch stolz vor sich her, wünscht dem vorbeieilenden Publikum frohe Festtage. Um die Wichtigkeit seiner Erscheinung noch zu betonen, winkt er weitausholend in die Menge. Seine riesigen Hände stecken in schneeweißen Handschuhen, vom gleichen unschuldigen Weiß ist auch sein Bart, der in wallenden Locken seinen Brustkorb ziert. Ich ignoriere ihn, genauso wie die weihnachtlichen Klänge, die dauerberieselnd aus den Lautsprechern ertönen.

Menschen fallen sich in die Arme, erleichtert und glücklich über das lang ersehnte Wiedersehen, vielleicht auch nur aus purer Erschöpfung oder weil die Emotionen an Weihnachten in einer höheren Tonlage spielen. Da ist niemand, der auf mich wartet, mich in seinen Armen auffängt, und ich bin froh darüber. Ich könnte nicht garantieren, dass der stille Fluss doch noch überlaufen würde.

I am home, denke ich erstaunt, hatte ich doch lange mit mir gerungen, überhaupt jemals wieder einen Fuß auf diesen Teil der Erde zu setzen. Und ausgerechnet einen Tag vor Weihnachten, an dem Tag, als ich Hals über Kopf diesen Ort verlassen habe.

Mein Weggehen kam einer Flucht gleich. Ich ging mit nur einem Koffer, in den ich nicht viel mehr als mein gebrochenes Herz und die Reste meines Lebens hineinstopfte.

Bald schon werde ich Dublin hinter mir lassen und quer durch die Insel fahren, vom Flughafen im Osten bis nahe an die Küste des Atlantiks im Westen. Der Bus ist fast bis auf den letzten Platz besetzt, als ich ihn, wider Erwartung, doch noch erreiche. Nach Luft ringend steige ich die drei Stufen hoch, bis ich vor der Kabine stehe, in der der Fahrer sitzt, und nenne ihm mein Ziel.

Mein Ziel, dieses Wort allein genügt, um mir einen leisen Stich zu versetzen, als es über meine Lippen kommt. Mit einem Lächeln im Gesicht, das alles zu verstehen scheint, und eingelullt von süßen Klängen in seiner Kabine, streckt mir der gute Mann den Fahrschein entgegen. „Merry Christmas", ruft er mir hinterher. Ich hätte mich gewundert, wenn er es nicht getan hätte. Seit dem Verlassen des Flugzeugs bis hierher habe ich es so oft gehört, dass ich mich frage, ist das nun ein Wunsch oder doch eher ein Befehl.

Ich quäle mich den schmalen Gang entlang, bis ich einen freien Platz entdecke und mich auf den engen Sitz fallen lasse. Eine lange Fahrt durch die Nacht liegt vor mir, Zeit genug, um durchzuatmen und meine Gedanken zu ordnen. Wie auf einer Leinwand ziehen die weiten, in Dunkelheit getauchten Landschaften vorbei, fern der Straße die schattenhaften Umrisse einsamer Cottages, ein schwacher Lichtschein hinter schweren Vorhängen. Ich widerstehe der Versuchung, hinter die Vorhänge schauen zu wollen. Ich befürchte, es könnte meine Illusionen zerstören.

Wir passieren kleine, in Schlaf liegende Dörfer, beschauliche Städtchen mit Schaufenstern, die geschmückt sind mit Glanz und Glimmer, mit blinkenden Lichtern und grinsenden Schneemännern.

Wenn ich der Uhr trauen darf, die im Bus, unübersehbar, im Minutentakt an die Zeit und an unsere Vergänglichkeit erinnert, geht es auf Mitternacht zu. Dies ist der Zeitpunkt, wo in den Pubs zur letzten Runde aufgerufen wird. Es können durchaus mehrere letzte Runden sein, bevor die Bar endgültig dicht macht.

Noch ist es nicht so weit, warmes Licht dringt durch farbige Fenster. Wer einmal drinnen ist, fühlt sich sofort zuhause, und nur widerwillig verlässt der eine und andere diesen Ort, der für manche zur zweiten, für manche auch zur ersten Heimat geworden ist. Menschen stehen draußen vor dem Pub, in der einen Hand die glimmende Zigarette, in der anderen das Pint mit dem Rest von weißem Schaum auf der schwarzen Flüssigkeit. Halbleere Gläser stehen auf der Fensterbank, zurückgelassen und längst durch volle ersetzt. Ich höre Lachen und Stimmen in einer Sprache, die mir sehr vertraut ist. Eine Wärme durchströmt mich, die ich meinte, längst vergessen zu haben. Da schließt sich die Tür des Busses bereits wieder mit einem zischenden Laut, der Bus kommt in Bewegung, nimmt Fahrt auf, vorbei an Häusern, die in Reihen stehen und alle gleich aussehen.

In manchen Vorgärten werden Weihnachtsgeschichten zur Schau gestellt, die an Disneyland erinnern, glitzernd und hell machen sie die Nacht zum Tag. Santa ist mit einem ganzen Tross an Rentieren angereist, begleitet von zarten Elfen, sitzt er in der fliegenden Kutsche, inmitten eines Berges bunter Geschenke. Und Engel überall, liebliche, kitschige Frieden bringende Engel, solche mit Flöte und Trompete und andere, die mit süßer Stimme vom Heil des Himmels singen. Halleluja, denke ich, und ein schiefes Lächeln zieht meinen Mund in die Breite.

Ich erinnere mich an die Weihnachtsessen, an die riesigen Schinken und die schweren Turkeys, die niemals aufgegessen wurden und nur dazu dienten, den Wettbewerb, „wer hat den größten Turkey", zu gewinnen. Mein Lächeln wird noch breiter, beinahe möchte ich laut lachen, als ich mich erinnere, wie einmal der Truthahn, ein prächtiges Stück, von meinem Vater perfekt und siegesgewiss vorbereitet, nur knapp in den Ofen passte. Der Ofen verweigerte seinen Dienst, sah sich dem Turkey nicht gewachsen. Da wurde beinahe der Notstand ausgerufen, und die halbe Nachbarschaft versammelte sich zur Krisensitzung. Allergrößte Beachtung kommt den Kartoffeln zu. Nirgends auf der Welt wachsen so große Knollen wie in der guten alten irischen Erde.

Mein Großvater wusste viele Geschichten zu erzählen, und er wusste auch zu begründen, warum irische Kartoffeln so groß sind. Nämlich nur deshalb, weil in ihnen das Geheimnis von Weihnachten verborgen ist. Dieses Geheimnis ist so groß, dass es viel Raum braucht, um gut aufgehoben zu sein, erläuterte er, ohne je das Geheimnis zu verraten, wenn er es denn gewusst hat. Mit seinen Geschichten verzauberte er mir meine Mädchenjahre. Ich habe ihm jedes Wort geglaubt und tue es noch. Natürlich weiß ich bis heute nicht, was das Geheimnis von Weihnachten ist. Bin ich vielleicht nur deshalb zurückgekommen, um endlich Gewissheit über das große Geheimnis zu erlangen?

Weiter fährt der Bus, nur selten hält er an. Menschen steigen aus, wenige steigen ein, ein kurzes Rascheln, Wortfetzen. Von irgendwoher ertönt leise Musik, die meine Ohren streifen. Draußen tanzen Nebelschleier in langen Schweifen am Fenster vorbei. Neun Jahre sind vergangen, seit ich in diesem Bus saß, nur in entgegengesetzter Richtung. Das Einzige, an das ich mich erinnere, war diese aufgekratzte Stimmung fröhlicher Menschen, so unpassend und unerträglich, dass ich mich blind und taub stellte.

Es ist zwei Uhr in der Früh am Tag des Heiligen Abends, als der Bus stoppt, am äußersten Rande der kleinen Provinzstadt. Angekommen, aber noch nicht zuhause. Ich steige aus, rausgeworfen aus dem Schutz und der Wärme im Inneren des Gefährts, stehe ich am Straßenrand und werde sogleich von der Dunkelheit verschluckt.

Es ist nass und kalt, ein bissiger Wind bläst mir ins Gesicht. Ich knöpfe meinen Mantel zu, hänge mir die Tasche über die Schulter und nehme den kleinen Koffer an die Hand. Ein seltsam vertrautes Gefühl befällt mich, als wäre ich nur kurz weggewesen. Vielleicht ist es auch der Geruch nach Salz und Meer, den der Wind mit sich trägt, und mit ihm die Erinnerung an mein ganzes Leben. Zumindest das Leben, das vor genau neun Jahren ein abruptes Ende fand. Ich nehme einen tiefen Atemzug und richte mich innerlich auf.

Meinen Koffer in der Hand, den Kragen meines Mantels bis über die Ohren hochgeschoben, überquere ich die Straße, wo ich das Auto erwarte, das mich an mein Ziel bringen wird. Die Nacht ist so dunkel, als ob ich in einen schwarzen Spiegel schaute. Keine Straßenlaterne, kein Haus und keine Menschenseele weit und breit. Für einen Moment schließe ich meine Augen und versuche zu horchen, etwas wahrzunehmen, das mich wissen lässt, dass ich nicht ganz allein bin auf dieser Welt. In der Ferne taucht ein Lichtschein auf, dem ein surrendes Geräusch folgt, das lauter wird, je näher es kommt. Dann hält das Auto direkt vor meinen Füßen. Ich sehe, wie sich die Fahrertüre bedächtig öffnet. Sie steigt aus, einen großen bunten Schal um das dichte Haar, ein Lächeln auf den Lippen, ein ernster warmer Blick, dann fangen mich ihre Arme auf, umschlingen mich fest.

Der sanfte Fluss in mir, er beginnt zu brodeln, tief und dunkel strömt das Wasser, der Pegel steigt bedrohlich an. Nur der Knoten in meinem Hals verhindert, dass er über die Ufer tritt. Wir wechseln nur wenige Worte. Zwischen uns hat sich ein Raum aufgetan, ein Raum, der nicht mit Worten gestört werden will. Da ist nur diese friedvolle Dunkelheit, durch die wir fahren, bis das Auto eine Stunde später vor dem Haus anhält, das auf einer Anhöhe, am Ende einer holprigen Landstraße steht. Dieses große alte Haus, über dem schon so viele Monde aufgegangen sind, das so unbeugsam den Elementen und dem Zahn der Zeit trotzte – mein Haus, das Haus meiner Familie.

Der Fluss in mir, er wird ganz still, scheint stehen zu bleiben, als ob sich ihm etwas sehr Großes in den Weg stellen und ihn zum Anhalten zwingen würde. Ist dies nun das Ziel oder nur eine

Etappe, um mich kurz auszuruhen und mir die weitere Wegstrecke zurechtzulegen? Bin ich überhaupt jemals weggewesen? Was hat mich so sehr verletzt, dass ich diesen Ort so überstürzt verlassen habe – den Ort, der mir Heimat war, und ich mir nie hätte vorstellen können, irgendwo anders Wurzeln zu schlagen?

Für einen Augenblick bleibe ich sitzen, dann öffne ich die Tür des Wagens, steige langsam aus und gehe ein paar Schritte auf das Haus zu. Durch ein Fenster im Erdgeschoss fällt Licht nach draußen, die Laterne, die über der Eingangstüre hängt, leuchtet uns den Weg. Sie greift wortlos nach meinem Koffer und der Tasche und geht mir voran ins Haus. Selbst im faden Schein der Laterne erkenne ich, dass die abgenutzten Mauern einen neuen Anstrich erhalten haben, und das Haus mir viel lebendiger erscheint.

Meine Augen wandern an der Hauswand entlang, bis zu der Stelle, wo die Rosen an der Mauer hochklettern. Die Rosen, die nicht aufhören wollten zu wachsen, sich ausbreiteten und ob der vielen Blüten bedrohlich schwer wurden. Die Rosen, die mich an meine Eltern erinnern, die mit ihnen, als sie frisch vermählt, in dieses Haus eingezogen sind. Sie begleiteten uns durch die Jahreszeiten, weder Wind noch Sturm konnten ihnen zusetzen. Stets standen sie im Schutz der dicken Mauern. In

Gedanken sehe ich gelbe Blüten und rieche zarten blumigen Duft. Selbst im Winter sind da die Knospen, die sich vor der Kälte verschließen, im Wissen, dass auf jeden Winter ein Frühling folgt.

In diesem Moment setzt Regen ein, winzig kleine Tropfen benetzen mein Gesicht. So sanft dieser Regen ist, genauso ausdauernd kann er sein. Ein kalter Windhauch lässt mich frösteln und reißt mich aus meinen Gedanken. Ich drehe mich um und trete über die Schwelle ins Haus, wo ich sofort von der Wärme des Feuers, das im Ofen knistert, eingehüllt werde. Setz dich, Liebes, du musst müde sein. Was du jetzt brauchst, ist eine Tasse heißen Tee. Gegen dieses Angebot hatte ich noch nie etwas einzuwenden, und jetzt am allerwenigsten. Ich folge der Einladung und setze mich in den gemütlichen Sessel, der vor dem Kamin steht, während meine Großmutter in die Küche geht und den Wasserkessel betätigt.

Ich widerstehe der Versuchung, ihr zu folgen. Stattdessen blicke ich mich neugierig um und stelle erleichtert fest, dass in diesen vier Wänden keine künstlich aufgebauschte Weihnachtsstimmung herrscht. Kein Glimmer, kein rotbackiger Schneemann, nicht mal Santa hat es bis hierher geschafft. Ich wäre aber bitter enttäuscht, ohne einen Baum Weihnachten zu feiern, und bin nicht überrascht, dass er genau dort steht, wo ich es gehofft hatte. Im Eckfenster, das bis zum Boden reicht, neben dem riesigen Sofa, das einen verschluckt, sobald man sich hineinfallen lässt. Der Tradition des Hauses geschuldet, ist er mit roten Kugeln geschmückt, nicht alle von gleicher Größe und gleichem Rot. Trotz aller Vorsicht mussten öfters welche ersetzt werden. Vergebens suche ich nach den roten Kerzen. An deren Stelle schlingt sich eine elektrische Lichterkette um die Äste. Immerhin, denke ich, hat sich doch etwas verändert, gar modernisiert in den Jahren meiner Abwesenheit. Das einzig Glamouröse in diesem Raum sind die langen Silberfäden, die großzügig am Baum hängen. Die müssen sein, höre ich meine Großmutter in Gedanken sagen.

christmas eve, heilig-abend

Als ich erwache, ist es früher Nachmittag. Ich habe viel länger geschlafen, als ich es geplant habe. Eigentlich wollte ich bereits vor dem Mittag in der Küche sein, um Grandma bei den Vorbereitungen für das Fest zu unterstützen. War es die Müdigkeit nach meiner langen Reise, die Ruhe in diesem Haus, die erdende Kraft, die von diesem Tal ausgeht? Um mich zu orientieren, bleibe ich einige Minuten auf meinem Bett sitzen und stelle wenig erstaunt fest, dass in diesem Zimmer die Zeit stehen geblieben ist. Alles scheint noch genauso wie an dem Tag, als ich weggegangen bin. Jedes Ding an seinem Platz. Dieses Zimmer war bereit, mich jederzeit wieder aufzunehmen.

Über der Tür des nostalgischen Kleiderschranks hängt der lange, selbst gestrickte Schal, als hätte ich ihn eben erst hingeworfen. Auf der Kommode, die glänzend und frisch poliert die Altersspuren milde macht, steht die Kerze, bis zur Hälfte abgebrannt und darauf wartend, wieder entflammt zu werden. Gleich daneben die runde Schale aus Ton. Es ist diese Art Schale, die widerstandslos all die kleinen und sehr kleinen Dinge in sich aufnimmt, die man nie brauchen wird und die doch unverzichtbar sind. Wie auf den Möbeln findet sich auch auf dem robusten, streckenweise abgenutzten Holzboden kein Krümelchen und kein Stäubchen.

Und wie frisch das Zimmer riecht, keine abgestandene Luft, kein Geruch nach Traurigkeit. Nur ein Hauch von Zitrone, der Möbelpolitur sei Dank. Der wollig weiche Teppich, der unter meinen Füßen liegt, gleicht einem müden Schaf, das ausgestreckt auf einer Weide liegt. Mein Bett ist mit weißer Leinenwäsche bezogen, darauf sind Initialen eingestickt, die nicht meine sind. Es ist gutes altes Handwerk, ein Erbstück, von denen es viele gibt in diesem Haus. Die Möbel aus gutem Holz geschnitzt, im wahrsten Sinne des Wortes. Die Stoffe gedacht für die Ewigkeit. Nichts ist überladen und mit so viel natürlichem Charme, dass er die Schwere des Alters auf erfrischende Weise auszugleichen vermag.

Eine luftig zarte, schneeweiße Gardine, kein Erbstück, ziert das zweiflügelige Fenster. Sie ist nur für das Auge gedacht und hat den einzigen Zweck, dem Raum mehr Leichtigkeit zu verleihen. Nie würde ich die Gardine vor das Fenster ziehen. Ich will mich mit der Welt draußen verbunden fühlen und über die Baumkronen hinweg auf die Wiesen sehen.

Schwungvoll stehe ich auf, strecke mich ausgiebig und öffne das Fenster, um die würzig kalte Luft einzuatmen und meinen Kopf zu klären. Ich erinnere mich an die Stunden zuvor, an heute Morgen, als meine Großmutter mit der Teekanne und den Sandwiches aus der Küche kam. Sie goss den Tee in meine Tasse und einen Tropfen Milch hinzu. Keinen Zucker, mein Liebes? Ich musste lächeln. Grandma hatte nicht vergessen, wie ich meinen Tee bevorzuge. Wir nippten am heißen Tee, und während Grandma mir die Platte mit den Sandwiches vors Gesicht hielt, sagte sie, eher beiläufig: „Er ist fortgegangen, ein Jahr nachdem du gegangen bist." Ich weiß, erwiderte ich, ohne weiter darauf einzugehen. Niemand scheint zu wissen, wo er jetzt lebt und ob er glücklich geworden ist. Das ist es doch, was wir uns alle wünschen, glücklich zu sein. Manche finden ihr Glück hier, andere müssen in die Welt hinaus, um es zu finden, und einige kommen nach Jahren zurück, weil sie erkannt haben, dass das Glück nicht dort ist, wo sie es zu finden hofften.

Natürlich bemerkte ich, worauf sie hinauswollte, und vermeinte eine leise Hoffnung zu spüren, die in ihren Worten mitschwang. Ich wollte ihr nicht widersprechen und fühlte mich nicht in der Lage, an diesem frühen Morgen über so wichtige Dinge wie das Glück zu diskutieren. Nicht über mein Glück, nicht über das Glück im Allgemeinen, auch nicht über das Glück, nach dem wir alle suchen. Ich wollte mich auch nicht mit meiner Vergangenheit auseinandersetzen, nicht jetzt. Ich war zuhause und wünschte mir nichts sehnlicher, als mich in mein Bett zu legen und zu schlafen. Mein Bett – ich erschrak beinahe über diesen Ausdruck, der mir so vertraut und gleichzeitig fremd erschien. „Du brauchst Schlaf, Liebes", sagte Grandma in diesem Moment. Für mich ist Schlaf nicht mehr so wichtig, erklärte sie weiter, außerdem werde ich nach Weihnachten mehr als genug Zeit haben, mich auszuruhen.

Langsam kriecht die Kälte ins Zimmer. Am Himmel brauen sich dicke Wolken zusammen, die vom Wind zerteilt und neu geformt werden. Dazwischen blitzt die Sonne auf. Ich schließe das Fenster und schiebe die Gardine noch ein bisschen mehr zur Seite. Es ist höchste Zeit, mich frisch zu machen und in bequeme Kleidung zu werfen. Was ich jetzt dringend brauche, ist eine große Tasse frisch gebrühten Tee. Außerdem sendet mein Magen Signale aus, die sich nicht ignorieren lassen. Schon bevor ich die Küche erreiche, höre ich Grandma hantieren. Sie erwartet mich mit einem breiten Lächeln im Gesicht. Ihr Haar ist im Nacken zu einem Knoten gebunden, die Schürze, die sie trägt, sieht nach viel Arbeit aus.

Auf der Wärmeplatte steht die Teekanne, Toast und Toaster sind am Start, die Butter und die Marmelade und ein Gedeck für Zwei präsentieren sich auf dem Tisch, die Eier bereit, in die Pfanne geschlagen zu werden. Danke, Grandma, sage ich und biete ihr meine Hand an, in der Hoffnung, meinen Teil für unser Fest beitragen zu können. Liebes, mach dir keine Sorgen, du kennst mich doch, es ist alles in grünen Tüchern. Vielleicht ziehst du dich warm an und fährst ans Meer, hast du es denn nicht vermisst? Nicht nur das Meer, seine Farben und Stimmungen habe ich vermisst, noch mehr die Stille in diesem Tal, in diesem Haus, eine Stille, die manche auch Einsamkeit nennen mögen.

Ich habe nie verstanden, wie jemand sich einsam fühlen kann, der eingebettet ist in die Schönheit einer wilden Natur, in das Spiel von Licht und Schatten, die das Grün der Wiesen in jedem Augenblick verändern können. Immer war ich mir gewiss, dass auf diesen Wiesen die schönsten Blumen blühen, die man sich nur vorstellen kann. Nie habe ich die Hügel, die uns umrunden, als Begrenzung wahrgenommen, auch wenn ich wusste, dass die Welt nicht an ihnen endet und vielleicht erst dahinter beginnt.

Heute will ich nicht ans Meer fahren, will nur den Boden unter meinen Füßen spüren, den Wolken folgen am grauen Himmel, will den Bäumen nahe sein, die in der frostigen Kälte nackt und verletzlich wirken. Bei genauem Hinschauen entdecke ich vereinzelte Blätter, die sich vom Herbst in den Winter gerettet haben oder ihn nicht loslassen konnten. Sie sind es, die mich erschüttern, ob aus Freude oder Trauer, Tränen steigen in mir auf wie eine Dunstwolke, die aus einer heißen Quelle aufsteigt. Vielleicht werde ich mich heute einfach treiben lassen, meinen Gedanken ihre Freiheit zugestehen, in meiner Seele nackt und verletzlich sein, so wie die Bäume es tun.

Dieses Haus, unser Haus, hat eine lange Geschichte. Hier feierten bereits Generationen vor mir ihre Feste, hier wurde gelebt, Kinder wurden geboren, und Menschen taten ihren letzten Atemzug. Auch Grandma wurde in diesem Haus geboren, und als das Tal ihr zu eng wurde und sie nicht hier versauern wollte – ihre Worte –, zog sie kurzerhand, mit kaum zwanzig Jahren, nach London. Zwei Jahre arbeitete sie als Haushaltshilfe, wie die meisten jungen Frauen. Genoss auch Grandma keine Ausbildung, war aber dem Leben gewachsen und sich ihres Wertes als Frau immer bewusst. Ihr Leben nahm eine Wendung, als sie von einem ebenfalls ausgewanderten Iren schwanger wurde. Das junge Paar entschloss sich, in ihre Heimat zurückzukehren und zu heiraten. Es war eine Liebesheirat, wäre es das nicht gewesen, hätte ich mein Kind, deinen Vater, allein großgezogen, so beteuerte mir Grandma. So wie ich mich an meine Großeltern erinnere, hatte ich nie einen Grund, an ihrer Liebe zu zweifeln. Nach meinem Vater wurden Grandma und Großvater noch mit fünf weiteren Kindern beschenkt. Bevor mein Vater, als Erstgeborener, Haus und Hof übernehmen konnte, galt es, fremde Luft zu schnuppern und Geld zu verdienen. Er zog nach Dublin, wo er meine Mutter kennenlernte, und sie sich Hals über Kopf verliebten. Es war schnell klar, dass sie zusammengehörten und auch zusammenleben wollten. Sie kannten sich gerade ein halbes Jahr, als sie geheiratet haben, denn ein Zusammenleben ohne den Segen der Kirche, das wäre undenkbar gewesen, es gehörte sich einfach nicht.

Im Gegensatz zu meinem Vater war es für meine Mutter, die in Dublin aufgewachsen ist, nicht ganz so einfach, sich an das Landleben zu gewöhnen. Sie brauchte ihre Freiheiten, und bevor ihr die Decke auf den Kopf zu fallen drohte, setzte sie sich ins Auto und fuhr nach Dublin. Sie besuchte ihre Familie, liebte es zu shoppen, ins Theater zu gehen und Anlässe zu besuchen, die es erforderten, in eleganter Kleidung und entsprechender Aufmachung zu erscheinen. Meine Mutter war eine attraktive Frau mit einem Hang zur Theatralik; sie brauchte gewiss diese Aufmerksamkeit. Mein Vater, der bodenständig war und von ruhigem Wesen, konnte, so meine Meinung, gut damit zurechtkommen. Auf jeden Fall beklagte er sich nie, und wenn ich meiner Erinnerung trauen darf, ergänzten sich beide erstaunlich gut, trotz des unterschiedlichen Temperaments ihrer „Stadt Land Liebe". Ich glaube aber, dass meine Mutter gerne mehr gestritten hätte, und mein Vater sich nicht dafür eignete. Stattdessen griff er nach seinem Hut und verzog sich aufs Feld, um in der schweigenden Erde zu hacken.

Ich bin die Jüngste von vier Kindern, und ich empfand es als ein Privileg, das ich immer genossen und manchmal auch ausgenutzt habe. Darüber könnten meine Geschwister sicher mehr erzählen. Kaum war ich den Kinderschuhen entwachsen, starben unsere Eltern, viel zu früh, bei einem Autounfall. Sie verbrachten das Wochenende in Dublin, feierten ausgiebig die Hochzeit einer Nichte meiner Mutter. Irische Hochzeiten ziehen sich meist über mindestens zwei Tage hin. Auf dem Rückweg am frühen Montagmorgen stießen sie auf der Schnellstraße, auf halbem Weg zwischen Dublin und Sligo, mit einem Lastwagen zusammen. Es war kein Alkohol im Spiel.

Grandma und Großvater übernahmen danach viel Verantwortung, es waren schwierige Zeiten, und wir alle mussten noch mehr als vorher mit anpacken. Unterstützung gab es von der Tante, der Schwester meines Vaters, die immer hiergeblieben ist. Es war damals eher die Regel als die Ausnahme, dass ein Bruder oder eine Schwester, die nicht heirateten, im Elternhaus verblieben, um die meist große Familie zu unterstützen. Auch an einen Cousin, der bei uns lebte, erinnere ich mich gut, ein wilder Junge, der viel Unsinn trieb, und mit dem meine Eltern alle Hände voll zu tun hatten. Nach ihrem Tod ist er weggezogen, ich weiß bis heute nicht, was aus ihm geworden ist.

Von Jahr zu Jahr wurde es ruhiger im Haus, meine Geschwister verließen das heimische Nest, suchten ihr Glück außerhalb des Tales. Irgendwann gab es nur noch Grandma und mich.

Es gibt diese Tage, so wie heute, die nie richtig hell werden, und ganz unbemerkt stehlen sie sich still und leise in den Abend. Grandma und ich haben uns vorgenommen, „Christmas Eve" in Ruhe zu verbringen, mit einem leichten Essen und unverfänglichen Gesprächen. Das hat sie mir nach dem späten Frühstück heute versprochen. „Lass dir Zeit, Liebes, es hat keine Eile. Jetzt wollen wir uns erstmal nur auf unser Fest freuen."

Wir entzünden Kerzen und stellen sie in die Fenster, ein Ritual, das besonders im ländlichen Irland noch immer Bedeutung hat, nicht nur an Heiligabend. Ihr Licht soll Wegweiser und Hoffnung sein für Verirrte und für alle, die einsam sind und der Wärme eines Hauses oder einer warmen Hand bedürfen. Auch wenn ich mich nicht erinnern kann, dass unsere Einladung jemals angenommen wurde, ist es tröstlich zu wissen, dass dieses Licht sich nicht nur in unseren Fenstern spiegelt, sondern in die kalte Nacht hinausleuchtet. Es gab sie, diese Menschen, erinnert sich Grandma, und es war gar nicht so selten, dass sie auch an unsere Tür klopften, dankbar für ein warmes Mahl und die Wärme eines Feuers, das ihre müden Knochen wärmte.

Mit der Dunkelheit wächst auch meine Anspannung; ich fürchte die Fragen, die morgen auf mich einstürmen könnten. Als hätte Grandma meine Gedanken erraten, legt sie ihren Arm um mich. „Liebes", meint sie beruhigend, „dass du nun hier bist, erfüllt mich mit tiefer Dankbarkeit. Und sollte jemand zu neugierig sein, dann lass mich nur machen." Oh, wie gut ich das weiß, liebe Grandma.

Du hast ein Herz aus Gold, dein Charme mag rau sein, und dein Humor oft ironisch, aber vor allen Dingen weißt du dir immer zu helfen, und wirst nie zu scheu sein, und Dinge und Köpfe zurechtzustutzen, sollte es nötig sein.

UNSER FEST

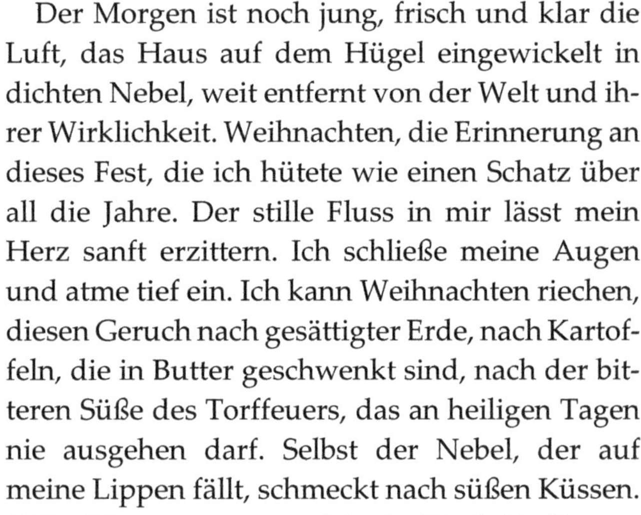

Der Morgen ist noch jung, frisch und klar die Luft, das Haus auf dem Hügel eingewickelt in dichten Nebel, weit entfernt von der Welt und ihrer Wirklichkeit. Weihnachten, die Erinnerung an dieses Fest, die ich hütete wie einen Schatz über all die Jahre. Der stille Fluss in mir lässt mein Herz sanft erzittern. Ich schließe meine Augen und atme tief ein. Ich kann Weihnachten riechen, diesen Geruch nach gesättigter Erde, nach Kartoffeln, die in Butter geschwenkt sind, nach der bitteren Süße des Torffeuers, das an heiligen Tagen nie ausgehen darf. Selbst der Nebel, der auf meine Lippen fällt, schmeckt nach süßen Küssen. Süße Küsse, so nannte ich als Kind die Regentropfen, die auf mein Gesicht fielen, während ich mich im Kreis drehte, bis mir schwindlig wurde.

Als ich die Küche betrete, sitzt Grandma bereits an der zweiten Tasse Tee, bestreicht ihren Toast mit Butter und betont, wie ausgeruht und erholt ich aussehe. Tatsächlich fühle ich mich auch so. Ich habe tief und traumlos geschlafen, und der kurze Spaziergang hat meine

Lebensgeister geweckt. In der Küche ist es einladend warm, und Grandma räkelt sich entspannt in ihrem Stuhl, eingehüllt in ihren seidenen Morgenmantel. Die Füße stecken in leichten Pantoffeln. In dieser Aufmachung kommt sie nur dann zum Frühstück, wenn besondere Anlässe den Tag zu etwas Besonderem machen, und sie sich ausgiebig ihrer Schönheit widmen will.

Meine kalten Hände legen sich um die heiße Tasse, und während ich in meinen Toast beiße, begutachte ich mit Staunen und Bewunderung die riesige Ansammlung an Pfannen und Töpfen, Platten und Schüsseln. Alles ordentlich aufgereiht, der Traum einer jeden Sterneküche. Der Truthahn wartet darauf, in den Ofen zu wandern. Mit seiner stolzen Größe wird er heute zweifellos den Wettbewerb gewinnen. Konkurrenz bekommt der Truthahn nicht nur vom Schinken, sondern auch vom Gemüse, das gerade dreifach aufgestellt ist. Der Stangensellerie, der Rosenkohl und die Karotten – auch wenn alle drei nur als Beilage oder Dekoration auf dem Teller landen, ohne sie wäre das Weihnachtsmenü nicht vollständig. Die Kartoffeln haben es nicht nötig, zu konkurrieren.

Im Küchenschrank, sicher hinter Glas, verbergen sich die süßen Verlockungen. Es ist keine Sünde, ihnen nicht widerstehen zu können. Platz eins nimmt der Christmas Pudding ein. Auch wenn nicht alle von ihm begeistert sind, ist er mein Favorit. Die „Apple Tarte", der Apfelkuchen, ist „Irlands Darling" und kann das ganze Jahr über in jedem Supermarkt und an jeder Tankstelle gekauft werden. „Home made" steht in großen Lettern auf jeder Packung. Dieser hier ist tatsächlich hausgemacht. Grandma würde sich schämen, an Weihnachten einen gekauften Kuchen auf den Tisch zu stellen. Ohne „das Trifle" geht es nicht. Schicht um Schicht, das Biscuit, die Früchte, die Vanillecreme, gut durchtränkt mit Fruchtsaft, und obendrauf, als Krönung, eine dicke Schicht fest geschlagenen Rahm. Eine süße Sünde, von der man immer zu viel isst, ohne es zu merken.

Grandma lacht, als sie in mein Gesicht sieht, das wortlos die Frage ausdrückt, wer soll all das bloß essen, geschweige denn zubereiten? „Sei unbesorgt, Liebes. Es wird ein großartiger Tag. Wir feiern das schönste Fest, das jemals in diesem Haus gefeiert wurde." Grandma's alljährliches Versprechen, und immer sollte sie recht behalten. Jedes Fest wurde zum schönsten Fest, so die einstimmige Meinung. „Du und ich", meint sie entschlossen, „wir werden in den nächsten Stunden einen weiten Bogen machen um diese Küche. Du weißt ja, es ist alles organisiert. Wir stellen uns vor den Spiegel und suchen uns das eleganteste Kleid hervor. Ich hoffe, du hast etwas Entsprechendes dabei? Wir wollen diesen Tag genießen und auf keinen Fall nach Fett und Arbeit riechen!"

Schon immer haben wir traditionell gefeiert, nicht nur was die Speisen betrifft; da gibt es keine Experimente oder andere böse Überraschungen. Weihnachten ohne Baum wäre undenkbar. Natürlich muss es ein richtiger Baum sein, und sollte jemand mit einem künstlichen Baum daherkommen, die neue Mode in Irland, würde Grandma ihn in hohem Bogen aus dem Haus werfen – den Baum natürlich. Und selbstverständlich gehören viele Geschenke dazu; wir haben großen Spaß daran, uns gegenseitig zu beschenken. Nicht zu vergessen die Kinder, die würden eher aufs Essen als auf Geschenke verzichten.

Der Tradition entsprechend sind auch die Lieder, die wir singen, allerdings müssen sie nicht unbedingt weihnachtlich sein. Singen ist weit mehr als eine Tradition; es ist eine Notwendigkeit für unsere irische Seele, genauso wie das Geschichten erzählen. Zur Begrüßung und Einstimmung in den langen Abend gehört es, kannenweise Tee zu trinken, aus großen Tassen, denen schon bald der erste Whiskey folgt – ohne Eis, es wäre schade, den Whiskey zu verwässern. Ein guter irischer Whiskey hat immer Tradition.

Auch wenn ich einige Feste verpasst habe, habe ich doch nichts vergessen. Ich weiß, wer am meisten reden wird und wer zuerst auf dem Sofa einschläft, wer die größten Erfolge vorzuweisen hat und wer zuerst in Tränen ausbrechen wird. Auch wer uns am meisten zum Lachen bringt – es ist nicht Onkel Fred, der jedes Jahr die gleichen Witze in der immer gleichen Reihenfolge erzählt.

Dieser Tag ist auch Grandma`s Tag, „the Lady of the Manor", die Dame des Hauses, auch wenn sie das gar nicht beansprucht. Heute darf sie sich feiern lassen und das Zepter aus der Hand legen. Natürlich hält sie sich nicht daran; Grandma gibt die Zügel nie ganz aus der Hand.

Mein Herz klopft schneller, je näher das Fest rückt, und dann werden alle meine Bedenken weggewischt. Diesmal bin ich sicher, dass „fröhliche Weihnachten" keine leeren Wünsche oder gar Befehle sind, weil fröhliche Menschen es zu dem machen, was es ist: ein fröhliches Fest.

Bevor wir uns übers Essen hermachen, angeregt von den herrlichen Düften, die durch das Haus ziehen, halten wir inne, um zu beten. Früher, so erzählt uns Grandma, haben wir vor jeder Mahlzeit gebetet. Es war nicht selbstverständlich, dass das, was auf unsere Teller kam, uns auch satt machen würde. Gottseidank, die Zeiten haben sich geändert, und wir brauchen nur noch an Sonntagen und an Feiertagen zu beten. Wir bedanken uns für Speis und Trank und bitten um den Segen Gottes, für uns und alle, die mit uns am Tisch sitzen. In unser Gebet werden die eingeschlossen, die nur noch im Geiste mit uns sind. Wir gedenken unseren Eltern und Großvater, wir gedenken auch denen, die seit dem letzten Fest nicht mehr unter uns sind. Tante Virginia hat im vergangenen Sommer, es war ein heißer Julitag, das Zeitliche gesegnet. Sie wurde 82 Jahre alt. In der Erinnerung, die ich an sie habe, habe ich sie nie wirklich wahrgenommen. Irgendwie war sie immer schon alt.

Zwischen Truthahn und Christmas Pudding tippt Grandma mit ihrem Dessertlöffel sanft, aber wirksam an ihr Kristallglas, in dem der dunkelrote Wein sich wiegt. Ein heller Ton erklingt, augenblicklich wird es ruhig, und wir alle wissen, was jetzt folgen wird. Wir singen unser Lied, das wichtigste und das schönste Weihnachtslied überhaupt: „Stille Nacht, Heilige Nacht". Dieses Lied verbindet uns, nicht nur uns in diesem Raum; es verbindet Menschen weit über die Mauern dieses Hauses hinaus. Es hat die Kraft, unsere Herzen zu berühren und nährt unsere Hoffnung auf Frieden und Geborgenheit.

Ich sehe in glänzende Augen und strahlende Gesichter, nicht nur in die Gesichter der Kinder, die mit roten Wangen und dem Mund voller Schokolade mitsingen oder es zumindest versuchen.

Kaum ist der letzte Ton verhallt, klopft es, wie erwartet, dreimal an die Tür. Kein aufdringliches, eher ein scheues Anklopfen. Unser Nachbar, alleinstehend und an seinem unverheirateten Zivilstand nicht ganz unschuldig, ist ein Eigenbrötler, ein rauer, aber gutmütiger Kerl, der keiner Seele ein Haar krümmen kann. Seit dem Tod seiner Eltern bewirtschaftet er den kleinen Hof allein, und der Zug, eine fleißige Frau in sein vernachlässigtes Haus zu holen, ist für ihn abgefahren.

Auf ihn können wir uns verlassen. Jede Weihnacht steht er zur selben Zeit vor unserer Tür, nachdem er die Runde durch die Nachbarhäuser absolviert hat. Nach dem ersten Whiskey, den er dringend braucht, um sich aufzuwärmen, wie in jedem Haus zuvor, entspannt er sich, verzehrt die Kartoffeln und eine dicke Scheibe des saftigen Schinkens. Mit dem Truthahn, auf das Wort „Turkey" reagiert er allergisch, kann er nichts anfangen, ebenso wenig mit dem Gemüse. Natürlich ist es längst kein Geheimnis mehr, dass er nicht nur wegen des Essens kommt. Er wird so lange bleiben und Grandma mit sehnsüchtigen

Blicken eindecken, bis wir ihm höflich und mit Nachdruck eine gute Nacht wünschen.

Auf „Stille Nacht, Heilige Nacht" folgen die romantischen Lieder, die wehmütig und süß von Liebe und Sehnsucht erzählen. Wir alle kennen sie, diese Sehnsucht; sie ist eines unserer schönsten und intensivsten Gefühle überhaupt. Wir singen mit Hingabe, während die Geige schluchzt, die Kinder kreischen und sich um die Geschenke streiten. Grandma hat noch immer eine kräftige Stimme, die sich fest und klar anhört, ohne aufdringlich zu sein. Früher war sie Chorsängerin und sang im Kirchenchor, aber noch lieber während der Arbeit im Haus und auf dem Feld. „Es gab Tage, da habe ich mir die Seele aus dem Leib geheult, und am nächsten Tag verzweifelt dagegen angesungen", sagte sie einmal zu mir. „Gegen das Elend der Welt und dein eigenes hilft nur Singen. Erhebe deine Stimme und singe."

Ich behalte meine Großmutter während des ganzen Abends im Auge, nicht weil ich mich um sie sorge, viel mehr bin ich beeindruckt von der Kraft und Eleganz, die sie ausstrahlt. Sie trägt ein wunderschönes langes Kleid in einem dunkelvioletten Farbton, das weich und fließend ihren schlanken Körper umschmeichelt. Ihr langes, einmal dunkles Haar, nun fast ergraut, hat sie hochgesteckt, um ihren Hals liegt eine schlichte goldene Kette. Mir wird schmerzlich bewusst, wie sehr ich sie in all den Jahren vermisst habe und dass ich die Uhr nicht zurückdrehen kann.

Auch heute Abend bleibt die Uhr nicht stehen, schreitet schneller voran als mir lieb ist, und ich möchte jeden Moment auskosten. Im Kamin brennt das Feuer, der Nachbar hängt selig im Schaukelstuhl. Worte gehen hin und her, Neuigkeiten werden ausgetauscht, manchmal wird mit einer Umarmung Trost gespendet. Bald ist es zwölf Uhr, Mitternacht, das Ende eines Festes, das das schönste war, das jemals in diesem Haus gefeiert wurde. Es ist auch der Moment, sich noch einmal aufzuraffen, um zu singen. Niemand wird zu müde sein, niemand zu gleichgültig, auch niemand zu betrunken, um nicht laut und aus voller Kehle die Nationalhymne zu singen. Wie die Tradition es will, pünktlich bei zwölf Glockenschlägen. „The Soldiers Song", das Lied der Soldaten, unsere Hymne. Auch dieses Lied verbindet uns, uns alle in diesem Land. Über diese nicht so guten alten Zeiten wüsste Großvater mehr zu erzählen. Und Grandma würde singen.

Die Tage nach Weihnachten sind geprägt von einer fast unheimlichen Ruhe, die sich im Haus ausbreitet. Ein tiefblauer Fluss durchströmt meine Seele, derselbe Fluss, der durch die grünen Wiesen dieses Tales fließt. Es ist die Zeit der

Besinnung, in der wir die Reste von Weihnachten aufessen, Sandwiches mit Schinken und Truthahn zum Frühstück, dazu den in heißer Butter gebratenen Christmas Pudding.

Die Worte meiner Großmutter hallen in meinen Gedanken wider: „Er ist fortgegangen", und die Betonung in ihren Worten unterstrich die Endgültigkeit dieser Aussage.

Er hatte um meine Hand angehalten, Weihnachten stand vor der Tür, der Baum war geschmückt, die Geschenke verpackt, der Truthahn bereit für seinen Einsatz, die Kartoffeln warteten darauf, das Geheimnis preiszugeben, und die Spannung auf unser Fest stieg von Stunde zu Stunde. Es würde großartig werden, unsere große Familie, am großen Tisch, die Teller gut gefüllt, die Gläser ebenso. Wir würden uns mitfreuen und mitleiden, an unseren Dramen und Erfolgen, an unserem Glück und Unglück, und uns dann wieder in Ruhe lassen, bis zum nächsten Weihnachtsfest.

„Ich finde, jetzt ist der richtige, der beste Zeitpunkt, lass uns endlich den Knopf zumachen und heiraten", meinte er. „An Weihnachten werden wir es unseren Familien mitteilen", sagte er, „das gibt dem Fest einen noch tieferen Sinn". Dabei lächelte er erwartungsvoll und fühlte sich in Sicherheit.

Ich liebte ihn, schon mein halbes Leben, eine Liebe, die sich leicht und richtig anfühlte, und in der ich keine Fesseln und keine Verpflichtungen sah.

Mit einem Mal erkannte ich, dass mein Leben sich verändern würde. Trotz seines Lächelns konnte ich die Ernsthaftigkeit in seinem Gesicht ablesen. Ich versuchte zu argumentieren, nichts zu überstürzen, lass uns darüber reden, wir haben Zeit, vielleicht nächstes Weihnachten, wenn dir dieser Zeitpunkt so wichtig ist?

„Es war doch immer schon klar, dass wir heiraten, du wusstest es von Anfang an! Deine Großmutter ist einverstanden, natürlich wollte ich sie zuerst nach ihrer Meinung fragen."

Grandma wusste es und gab ihren Segen. Für mich kam das einem Verrat gleich, ich fühlte mich übergangen und betrogen. Manche Dinge im Leben sind uns einfach vorbestimmt, so scheint es, auch wenn man nie darüber spricht. Eine stille Übereinkunft, eine Vereinbarung, die mehr gewichtet als jeder sorgfältig ausgearbeitete Vertrag.

Von einem Moment auf den anderen wich die Sorglosigkeit meines bisherigen Lebens, etwas Bedrohliches schien sich anzubahnen. Hier, in diesem Haus, war ich glücklich und frei. In der Geborgenheit und im Schutz von dicken Mauern, geliebt und umsorgt von Grandma, deren lange Leine mich immer spüren ließ. Es ist meine Entscheidung, wann ich aus meinem Kokon ausbrechen will.

Der Schmetterling war noch nicht bereit. Er wollte reifen, bevor er ausschlüpft, und dann seine Fühler über die grünen Hügel dieses Tales ausstrecken. Er wollte den Duft der Welt erkunden, bevor er sich niederlässt, vielleicht im Tal mit den schönsten Blumen, im Tal, das ihm Heimat und Nahrung sein würde. Der Schmetterling konnte nicht länger in seinem Kokon verweilen, er befreite sich und lernte zu fliegen.

Grandma und ich führen lange Gespräche auf unseren langen Spaziergängen, und im Schweigen dazwischen löst sich all das auf, was bisher unausgesprochen blieb.

„Hast du dein Glück gefunden, mein Liebes? Hast du deine Entscheidung nie bereut?" fragt Grandma, während wir über die grünen Hügel wandern. „Dieses Haus ist zu groß für mich allein. Ich bewohne nur einen Teil davon. Manchmal gehe ich durch die Räume wie ein Geist, der durch seine Vergangenheit wandelt, im Wissen, dass es hier für mich keine Zukunft geben kann. Nicht nur dein Herz war gebrochen, auch seines, und vielleicht auch meines, obwohl, ach, ich glaube nicht so sehr an gebrochene Herzen. Jedes

Herz hat die Kraft, wieder zu heilen, auch wenn manchmal ein paar Narben bleiben."

„Mir geht es gut, Grandma. Mein Leben ist gut, so wie es ist. Ich weiß nicht, ob es besser gewesen wäre, hätte ich seinen Antrag angenommen." Der Fluss in mir gibt mir die Antwort, hell und klar wie sein Wasser, das spielerisch die Steine auf seinem Weg umspült.

„Weißt du, Grandma, was mich nach Hause gerufen hat? Weihnachten, unser Fest, meine Familie und du, das Herz dieses Hauses. Den Kummer über eine verlorene Liebe, den Schmerz und die Enttäuschung, all das lässt sich heilen. Nicht aber den Verlust einer Familie. Es sind unsere Wurzeln, die uns zusammenhalten und uns Kraft geben."

„Bleibst du?" will sie von mir wissen. Ein flüchtiger Schatten streift ihr Gesicht. Ich drücke ihre Hand und atme den dampfend heißen Tee ein. Der Christmas Pudding liegt schwer und süß auf dem Teller. „I am home for Christmas", versichere ich ihr. „An Weihnachten werde ich da sein."

Ich nehme einen Schluck vom heißen Tee und ein winziges Stück vom Pudding. Seine Süße hinterlässt einen leicht bitteren Geschmack in meinem Mund. Wieder sitze ich im selben Bus, in meinem Koffer neue Hoffnung, ein neues Jahr, das vor mir liegt, gut verpackt in Zeitungspapier – das Geschenk meiner Großmutter. Niemand geht fort von hier, ohne einen Christmas Pudding im Gepäck.

Still und kraftvoll strömt der Fluss, fließt dem Meer entgegen, verbindet sich mit seiner Tiefe. In ihm das Salz des Lebens, das durch meine Seele fließt. Ich weine nicht, ich weiß, wohin ich gehöre.

Eine Welt voller Bücher

Unvergessliche Abenteuer
Faszinierende Charaktere
Neue Welten und Ideen

Bei Infinity Gaze endet
die Lesereise nie!

Jetzt entdecken unter:
www.infinitygaze.com